지난날의 노래

죽은 아이 후미야文也의 영전에 바친다

목차

■ 이 책의 번역 저본은 『中原中也詩集』(岩波文庫, 1997, 37쇄), 『中原中也詩集』(新潮文庫, 2017, 22쇄)을 비교 대조하여 구성하였습니다.

■ 저자 후기 뒤에 실린 두 편의 예술론은 나카하라 주야의 작품 세계 이해를 돕기 위해 본 한국어판에 추가한 저자의 산문들입니다. '염소의 말'은 『문예통신 소하 특집호文芸通信 銷夏特輯号』 1936년 8월호에 수록되었으며 '시론'은 저자의 자필 원고에 적혀 있는 예술론에 관한 글입니다(출처: 『新編中原中也全集 第四巻 評論・小説』(角川書店, 2003)).

■ 이 책에서 사용된 글꼴은 문체부 바탕체, 제주명조체, 한나리 명조체, 함초롬돋움, KBIZ한마음 명조, KoPub바탕체, KoPub돋움체입니다.

지난날의 노래
在りし日の歌

부끄러움

────지난날의 노래────

무슨 까닭에   마음 이다지도 부끄러운가

가을   바람이 하얀 날 산그늘이었지

모밀잣밤나무 마른 잎들 움푹 팬 곳에

나무줄기들은   괜스레 노숙하게 서 있더랬지

나뭇가지들   서로 얽은 언저리 슬픈 기색의

하늘은 죽은 아이들의 망령에 가득차   깜박였었지

하필 그때 저쪽 편 들판 위는

아스트라한[1] 무리 사이 누비는   고대 코끼리의 꿈이었지

모밀잣밤나무 마른 잎들 움푹 팬 곳에

나무줄기들은   괜스레 노숙하게 서 있더랬지

그날   그 나무줄기 틈   도탑던 눈동자

누이 같은 빛   네가 있었더랬지

그날   그 나무줄기 틈   도탑던 눈동자

누이 같은 빛   네가 있었더랬지

아아!   지나간 날의   설핏 타올라 선명해지는 순간순간은

내 마음   무슨 까닭에   무슨 까닭에 이다지도 부끄러운가……

덧없음

납제臘祭[2] 올리는 밤에   항간에 툭 떨어져

　심장일랑은   철조망에 얽히고

기름살 오른   젖가슴 다 드러낸

　의지할 곳 없는   나는야 유녀 신세

애달픔 탓에   제대로 울지 못해

　이런 낮에도   어둠을 품었구나

머나먼 하늘   줄 위에 울어대는

　해협 기슭 사이   겨울의 새벽바람

백장미   조화造花의 꽃잎

　얼어붙어서   제정신도 아니고

밝아 올 날   아가씨들의 회합

　그 모두가 다   오래된 나의 벗들

마름모꼴들=잔뜩 접한 면이야 그렇고

　호궁胡弓 소리가   계속해서 들리네

한밤중의 비

——베를렌의 모습——

비는 오늘 밤도   옛날   그대로,

　　옛날   그대로의   노래를   부르고 있구나.

주룩주룩   주룩주룩   집요할   정도로다.

　　라며, 보는   베를렌 씨의   그 큰 덩치가,

창고   사이의   골목길을   가는 게다.

창고   사이는   고무 비옷의   반사광이다.

　　그리고   이탄泥炭[3]이   배어 뚝뚝 떨어지는   장난이다.

그런데 이   골목길을   빠져나가기만   한다면,

　　빠져나가기만   할 수 있다면   어렴풋한 희망이다……

거참   희망임에는   틀림도   없겠지?

자동차   따위에   볼일은   없지,

　　밝은   옥외등 따위는   말할 나위도   없고말고.

술집   처마등의   썩어 버린   눈동자여,

　　머나먼   쪽에서는   케미[4]도   울고 있네.

이른 봄바람

오늘 하루 또 다시 금바람 불지

커다란 바람에는 은방울 울지

오늘 하루 또 다시 금바람 불지

여왕의 왕관이라도 되듯

원탁의 앞에서는 걸터앉아서

널찍한 창문 쪽을 바라봅니다

밖에 부는 바람은 금바람

거대한 바람에는 은방울 울지

오늘 하루 또 다시 금바람 불지

마른 풀이 내는 소리 서글퍼서

연기는 공중으로 몸을 맡기고

햇빛에 흥겨운 듯 몸을 흐느적

다갈색 짙은 흙 내음이 나면

빨래 말리는 장대 하늘로 가고

올라가는 언덕길 완만해져도

푸르스름한 여자 턱인가 싶게

언덕에 나무 끝이 뾰족뾰족해

오늘 하루 또 다시 금바람 불지……

달

오늘 밤 달은 양하襄荷[5]를 먹고 지나간다

소독실 지붕에 늘어져 있는 비파가 울릴 거라 생각도 못 해

석탄 냄새가 그리워 두려워할 만한 것은 못 되지

떨기나무가 그 개성을 갈고 있구나

자매는 잠들었다, 어머니는 적갈색 격자문을 닫았다!

그런데 베란다 위에 말인데

보니 동전이 떨어져 있구나, 아니 메달인가

이건 오늘 낮에 떨어뜨린 후미코文子의 것이다

내일은 이걸 갖다 줘야지

주머니에 넣었지만 꺼림칙하군, 달은 양하를 먹고 지나간다

떨기나무가 그 개성을 갈고 있구나

자매는 잠들었다, 어머니는 적갈색 격자문을 닫았다!

푸른 눈동자

1 여름 아침

서글픈 이내 마음 밤이 샜구나,

　　반가운 이내 마음 밤이 샜구나,

아니지, 이게 대체 어떻다는 게지?

　　어찌 됐든 서글픈 동틀 녘이로다!

푸른 눈동자는 움직이지 않았어,

　　세상은 아직 모두 잠들어 있지,

그리고 '그때'가 지나고 있었어,

　　아아, 머나먼 머나머언 이야기.

푸른 눈동자는 움직이지 않았어,

　　──지금이야 움직일지도 모를 일이지……

푸른 눈동자는 움직이지 않았어,

　　가슴이 아리도록 아름다웠지!

나는 이제 여기에 있네, 누런 불빛에.

　　그 후로 어찌 됐는지는 몰라……

아아, '그때'는 그렇게 지나고 있었어!

　　푸르게, 뿜어 나는 증기처럼.

　　2 겨울 아침

그리고 나서 그게 어떻게 됐나⋯⋯

그건 나도 알 수 없었어

어쨌든 아침 안개 자욱한 비행장에서

비행기 그림자는 벌써 영원으로 사라져 갔지.

그 뒤에는 잔혹한 모래자갈이거나, 잡초이거나

뺨을 찢는 듯한 추위가 남았어.

　──이런 잔혹하고 막막한 아침에도 여전히

사람은 사람에게 웃는 낯으로 대해야만 한다니

퍽이나 한심한 짓으로 여겨지기는 했지만

그런데도 거기에서도 다시

웃음을 잔뜩 띤 자일수록

우월감을 느끼는 것이더라니.

태양은 안개에 빛나고, 풀잎 서리는 녹고,

저기 먼 민가에 닭이 울었지만,

안개도 빛도 서리도 닭도

모두 사람들 마음에는 스미지 않고,

사람들은 집으로 돌아가 식탁에 앉았지.

(비행기에 남은 것은 나,

배트[6] 빈 갑을 발로 차 본다)

세 살 적 기억

툇마루에 해가 비치고 있었고,
나뭇진이 오색五色으로 잠들 때,
감나무 한 그루 있는 안뜰은,
흙은 비파색　파리가 웅웅대지.

요강 위에　안겨 있었어,
그러자 엉덩이에서　회충이 내려갔어.
그 회충이, 요강 밑바닥에서 움직이길래
움직이길래, 나는 화들짝 놀라 버렸지.

아아아, 정말이지 무서웠어
왜인지 이상하게 무서웠지,
그래서 나는 그만 한바탕
대차게 울음 한 번 울어 젖혔던 거야.

아아, 무서웠지 무서웠어
——방 안은　쥐 죽은 듯 고요했고,
옆집은 하늘로　훨훨 사라졌었지!
옆집은 하늘로　훨훨 사라졌었어!

유월의 비

또 한바탕 퍼붓는   오전의 비는
창포의 색과 같은   초록의 빛깔
눈동자 그렁대는   얼굴 긴 여자
갑자기 나타났다   사라져 가네

갑자기 나타났다   사라져 가니
근심 걱정에 잠겨   촉촉하게도
밭두렁 위쪽에도   떨어져 있네
끝도 한도 모르고   떨어져 있네

　　　　큰북을 두드리고   피리 불면서
　　　　천진난만 아이가   일요일이라
　　　　다다미방 위에서   놀고 있어요

　　　　큰북을 두드리고   피리 불면서
　　　　놀고 있자니까   비가 내리네
　　　　창살 바깥에서   비가 내리네

비 오는 날

거리에 비가 세차게 내리고,
집집마다 문 아래 판자는 낡는구나.
모든 우롱愚弄의 눈동자는 차분해지고,
나는, 꽃잎의 꿈을 꾸며 잠을 깨노라.

*

다갈색 오래된 칼의 칼집아,
혀 짧은 소리 내던 어릴 적 친구,
네 이마는 네모났었지.
나는 너를 떠올리노라.

*

줄질하는 소리야, 탁한 소리야,
늙고 지쳐 버린 뱃속아,
빗속에서는 멀리서 들으려마,
다정하고 다정한 입술을.

*

벽돌색의 초조한 마음이

보였다 말았다 하는 비 오는 하늘.

영리한 소녀의 검은 머리와,

자애로운 아버지의 머리 그리워라……

봄

봄은 흙과 풀로 하여금 새 땀을 흘리게 하지.

그 땀을 말리려고, 종다리는 하늘로 날아올라.

기와지붕 오늘 아침 불평이 없네,

기다란 교사校舍에서 합창 소리는 하늘로 날아올라.

아아, 고요하다 고요해.

다시 돌아온, 이게 올해의 내 봄이로다.

옛날 내 가슴 두드리던 희망은 오늘을,

위엄 서린 감청색 되어 하늘에서 나에게로 쏟아 내리네.

그리고 나는 멍해져 버리지, 바보가 되어 버리지

——덤불 그늘의, 실개천인가 은인가 잔물결인가?

덤불 그늘의 실개천인가 은인가 잔물결인가?

큼직한 고양이가 고개 갸웃거리며 서투르게

방울 하나를 굴리고 있네,

방울 하나를, 굴리며 보고 있네.

봄날의 노래

흐름이여, 담담한   수줍은 아양,
흘러서   가는 거냐   하늘나라로?
마음마저   저 멀리   흐트러지고,
이집트 담배 연기   감도는구나.

흐름이여, 차가운   고뇌 감추고,
흘러서   가는 거냐   산자락까지?
아직 못 본   얼굴의   불가사의한
목구멍이   보이는   그 부근까지……

낮잠에서 꾼   꿈이   푹신하게도,
들판 위의   하늘의   하늘의 위로?
으아앙   으아아앙   운다 하던가

노란   헛간이로다, 하이얀 곳간,
물레방아   보이는   저쪽 편까지,
흐름이여   흘러서   간다 하던가?

여름밤

아아　지친 가슴속을
벚꽃색　여인이 지나네
여인이 지나네.

여름밤 무논의 앙금,
원한은 정신이 아득해지지
——분지를 둘러싼 산은 도는가?

맨발은 부드럽고　모래는 바닥이다,
뜬 눈동자는　내버려 두고 간다,
안개 낀 밤하늘은　높고 어두워.

안개 낀 밤하늘은 높고 어두워,
부모의 자애 어찌할 도리 없지,
——지친 가슴속을　꽃잎이 지나네.

지친 가슴속을　꽃잎이 지나네
이따금 징이 옷에 닿고.
뿌연 아지랑이 예쁘기는 하지만, 더워!

어린 짐승의 노래

시커먼 밤 풀 깊숙한 들판에서,
한 마리 짐승이 뜬숯 만드는 단지 안에서
부싯돌을 쳐서, 별을 만들었지.
겨울을 섞는 바람이 울고.

짐승은 이제, 아무것도 안 봤지.
캐스터네츠와 달빛 말고는
잠 깨는 일 없는 별을 안고서,
단지 안에서는 모독을 맞이하고서.

비 온 뒤답게 추억은 한 덩어리가 되어
바람과 어깨동무하고, 파도쳤지.
아아   우아한 이야기——
노예도 여왕처럼 아름다울지어다.

　　　달걀 껍질 비슷한 귀공자의 미소와
　　　느리고 둔한 아이의 백혈구는,
　　　그야말로 짐승을 무섭게 만들지.

시커먼 밤 풀 깊숙한 들판 안에서,

한 마리 짐승의 마음은 그을지.

시커먼 밤 풀 깊숙한 들판 안에서──

태곳적에는, 혼잣말조차 아름다웠어! ……

이 어린애

코볼트[7] 하늘에서 오고 가니,

들에

창백한

이 어린애.

검은 구름 하늘에 선을 그으니,

이 어린애

짜내는 눈물은

은빛 액체……

　　지구가 둘로 쪼개지면 좋겠어,

　　그리고 한쪽은 서양으로 가면 좋겠어,

　　그러면 나는 다른 한쪽에 걸터앉아

　　푸른 하늘만——

화강암 바위인가

바닷가 하늘

어느 절 지붕인가

바다 끝에서……

겨울날의 기억

낮에, 추운 바람 속에서 참새를 손에 잡고 좋아하던 아이가,
밤이 되어, 갑자기 죽었다.

다음날 아침은 서리가 내렸다.
그 아이 형이 전보를 치러 갔다.

밤이 되어도, 어머니는 울었다.
아버지는, 먼 바다를 항해하고 있었다.

참새는 어찌 되었는지, 아무도 몰랐다.
북풍은 거리를 하얗게 만들었다.

두레박 소리가 마침 들리던 때,
아버지에게서, 답신 전보가 왔다.

매일매일 서리가 내렸다.
먼 바다 항해에선 아직 돌아오지 못했으리라.

그 뒤 어머니가 어떻게 되었는지……

전보를 친 형은, 오늘 학교에서 야단맞았다.

가을날

　자갈밭을 따라 난　가로수　그늘에서
가을은　아름답네　여인　눈꺼풀처럼
　울지도　않을 텐데　하늘은　촉촉해
옛날　달리던 말의　말발굽　소리여

　오랜　세월 동안에　쌓인 피로　때문에
국도를　가다 보면　가을은　몸에 스며
　아무것도　아니라면　아무것도　아닌데
나막신　소리마저　몸에　스미네

　해는 지금　자갈밭　절반쯤에　비치고
강줄기를　무형의　뗏목이　지나가네
　들판은　건너편에　엎드려　있긴 한데

같이 가던　친구의　익살맞은　모습도
　이상하게　공기에　녹아들어가
가을은　근심하지　입술을　앙다물고

차가운 밤

겨울밤에

내 마음이 슬퍼하네

슬퍼하네, 까닭도 없이……

마음은 녹슬고, 보랏빛을 띠고 있지.

굳건한 문 저편에,

오래된 해는 마음 놓고 있네.

언덕 위에서는

목화솜 열매가 터져 나오지.

여기에서는 장작이 타고 있네,

이 연기는, 자기 스스로를

알고 있기라도 하듯 오르지.

이끌린 것도 아니고

추구하는 것도 아닌,

내 마음이 그을지……

겨울 동틀 녘

잔설이 기와에 조금 단단하게

마른 나무 잔가지가 사슴처럼 졸리워,

겨울 아침 여섯 시

내 머리도 졸리워.

까마귀가 울며 지나네——

마당 지면도 사슴처럼 졸리워.

——숲이 도망갔다 농가가 도망갔다,

하늘은 서글픈 쇠약.

　　　　　내 마음은 서글프도다……

이윽고 흐린 해가 비치고

푸른 하늘이 열려.

위의 저 위 하늘에서 주피터 신의 포성 울리네.

——사방의 산 가라앉고,

농가 마당이 하품을 하며,

길은 하늘로 인사하네.

　　　　　내 마음은 서글프도다……

늙은 자로 하여금

——「공허한 가을」 제12

늙은 자로 하여금 고요 속에 있게 하라
그것은 그들이 마음껏 후회하고자 함이니

나는 후회하기를 바라노라
마음껏 후회함이란 진정으로 영혼을 쉬는 것이니

아아   끝도 없이 울려는 것이야말로 바람직하지
아버지도 어머니도 형제도 벗도, 또 본 적 없는 사람들까지 잊고

동틀 녘의 하늘처럼 언덕 언덕을 건너가는 저녁 바람처럼
또 나부끼는 작은 깃발처럼 울겠구나

어쩌면 다시 이별의 말이, 메아리치고, 구름으로 들어가, 들판
끝에서 울리며
바다 위로 부는 바람에 섞여 영원토록 지나가듯이……

답가答歌

아아   우리가 겁 많고 유약한 탓에 오랫동안, 너무도 오랫동안

헛된 것에 매달려, 울기를 잊고 있었거늘, 정말로 잊고 있었거늘……

[공허한 가을 스물 몇 편은 흩어지고 사라져 지금은 없다.
그 중 제12만이 모로이 사부로[8] 작곡에 의해
남아 있는 것이다.]

호수 위

두둥실 달님 얼굴 내밀었으니,
배일랑 띄우고서 나가 볼까요.
파도가 철썩철썩 부딪치겠죠,
바람도 약간이야 불어오겠죠.

먼 바다로 나가면 어두울 테죠,
노에서 떨어지는 물방울 소리
친밀한 사람에게 들릴 거에요,
──그대가 하는 말이 끊긴 사이로.

달님은 귀를 쫑긋 세우겠지요,
조금쯤은 내려올 것도 같아요,
우리가 서로 입을 맞추는 때에
달님은 머리 위에 있을 거에요.

그대는 여전하게, 말하겠지요,
별것 아닌 일이나 토라진 일들,
빠뜨리지 않고 난 들을 거에요,
──하지만 노 젓는 손 멈추지 않고.

두둥실 달님 얼굴 내밀었으니,

배일랑 띄우고서 나가 볼까요,

파도가 철썩철썩 부딪치겠죠,

바람도 약간이야 불어오겠죠.

겨울밤

여러분 오늘 밤은 조용하네요
주전자 소리가 나고 있어요
나는 여자를 생각해요
나에게는 여자가 없거든요

그래서 고생도 없거든요
말로 할 수 없는 탄력의
공기 같은 공상에
여자를 그려 보고 있거든요

말로 할 수 없는 탄력의
맑게 갠 밤의 침묵
주전자 소리를 들으며
여자를 꿈꾸고 있거든요

이렇게 밤은 늦어지고 밤은 깊어져
개만 깨어 있는 겨울밤은
그림자와 담배와 나와 개
말로 다할 수 없는 칵테일이에요

2

공기보다 좋은 게 없거든요

그것도 추운 밤 실내 공기보다도 좋은 게 없거든요

연기보다 좋은 게 없거든요

연기보다   유쾌한 것도 없거든요

이윽고 그걸 아실 거에요

동감하실 때가 올 거에요

공기보다 좋은 게 없거든요

추운 밤 야윈 중년 여자의 손 같은

그 손의 탄력 같은   부드럽고   또 단단한

단단한 듯한   그 손의 탄력 같은

연기 같은   그 여자의 정열 같은

타오르는 듯한   꺼질 듯한

겨울밤 실내의   공기보다 좋은 게 없거든요

가을 소식

삼베는 아침,[9] 사람 살갗에 매달리고
참새들의, 목소리도 단단해지긴 했습니다
굴뚝의, 연기는 바람에 어지러이 흩어지고

화산재 파면 얼음이 있듯이
맑디맑은 하늘 기운의 바닥에 푸른 하늘은
차갑게 가라앉아, 차분히

교회당 돌계단에
햇살 쪼이고 있노라면
햇빛에 둘러싼 꽃들이랑
그늘에, 얌전히 울어대는 벌레 소리랑

가을날은, 몸에 따끈따끈
팔이랑 다리에, 오슬오슬해서
요즘 같은 때, 광고기구는 신주쿠新宿의
하늘로 올라가 표류하누나

뼈

이봐 이봐, 이게 내 뼈야,
살아 있을 때 고생으로 가득한
그 지저분한 살을 찢고,
허옇게 비에 씻겨,
쑥 튀어나온, 뼈의 뾰족한 끝.

그것은 광택도 없어,
그저 쓸데없이 허옇게,
비를 빨아들이지,
바람을 맞지,
얼마간 하늘을 반영하지.

살아 있을 때에,
이게 식당의 혼잡함 속에서,
앉아 있을 때도 있어,
파드득나물 무침을 먹은 적도 있어,
그리 생각하니 너무 우스워.

이봐 이봐, 이게 내 뼈야——

보고 있는 건 나? 웃기는 일이군.

영혼이 뒤에 남아,

다시 뼈 있는 곳으로 와서,

보고 있는 거려나?

고향 냇물 근처에서,

반쯤 마른 풀에 서서,

보고 있는 건, ──나?

마침 팻말 정도 높이에,

뼈는 허옇게 비죽이 튀어나와 있네.

추일광란秋日狂亂

나에게는 이제 아무것도 없는 거야

나는 빈손 맨주먹이야

심지어 그걸 한탄도 않지

나는 마침내 무일푼이야

그렇다 해도 오늘은 날씨가 좋아

아까부터 수많은 비행기가 날고 있지

——유럽은 전쟁을 일으키려나 안 일으키려나

누가 그런 거 알 바던가

오늘은 정말 날씨가 좋아서

하늘의 푸르름도 눈물에 촉촉하네

포플러가 펄럭펄럭 펄럭펄럭하고

아이들은 좀 전에 승천했지

이제 지상에는 햇살 쪼이고 있는

월급쟁이의 아내와 게다下駄[10] 수선장이 외에 없지

게다 수선장이가 두드리는 북소리가

밝은 폐허를 그저 홀로 찬미하며 돌고 있지

아아, 누가 와서 나를 좀 살려줘

디오게네스 시절에는 작은 새 정도 울었겠지만

요즘은 참새조차 울지도 않아

지상에 떨어진 그림자마저, 벌써 너무 흐릿해!

——그건 그렇고 시골 아가씨는 어디로 갔나

그 보라색 눌러 말린 꽃은 이제 물 빠지지 않는 건가

풀 위에는 태양이 비치지 않는 건가

승천하는 환상조차 이제 없는 건가?

내가 무슨 말을 하는 거지

어떤 착란에 속고 있는 거지

나비들은 어디로 날아갔나

지금은 봄이 아니고, 가을이었나

그럼 아아, 짙은 시럽이라도 마셔야지

차갑게 해서, 두꺼운 빨대로 마셔야지

찐득찐득하게, 곁눈질도 않고 마셔야지

아무것도, 아무것도, 바라지 말아야지! ……

조선 여인

조선 여인의 옷자락 끈

가을바람에 꼬이기라도 했나

거리를 다닐 때마다

아이 손을 억지로 잡아끌며

인상 찌푸린 그대 얼굴이라니

살갗은 구릿빛 건어물 같고

무엇을 생각하는 그 얼굴인지

——정말이지 나도 영락한 신세

마음속 멍하니 쳐다보았겠지

나를 쓱 보고 의아해하며

아이를 재촉해서 사라져 갔네……

가볍게 일어나는 먼지로구나

나에게 어떤 것을 생각하라고

가볍게 일어나는 먼지로구나

나에게 어떤 것을 생각하라고……

· · · · · · · · · · ·

여름밤에 잠 깨어 꾼 꿈

잠들고 싶어서 눈을 감으면
캄캄한 그라운드 위에
그날 낮에 본 야구 팀 아홉 명
유니폼만 어렴풋 하얗고——

아홉은 각자 수비 위치에 있으면서
약삭빠른 듯한 피처는 변화도 없이
살살이 같은 세컨드는
변화도 없이 까부는 모습으로

한데, 기다리는 안타는 나오지 않고
허허 이것 참 생각하고 있자니
아홉 명도 타자도 모조리 사라져
사람이라고는 하나도 없는 그라운드는

홀연히 더운 한낮의 그라운드
그라운드 둘러싼 포플러 나무들은
무성하게 자란 잎들을 뒤집으며
유달리 더 이어지는 매미떼 합창

허허 이것 참 생각하는 동안……잠들었지

봄과 갓난아기

유채꽃밭에서 잠들어 있는 것은……
유채꽃밭에서 바람 맞고 있는 것은……
갓난아기 아닌가요?

아녜요, 하늘에서 우는 것은, 전선電線이에요 전선이에요
하루종일, 하늘에서 우는 것은, 저건 전선이에요
유채꽃밭에 잠들어 있는 것은, 갓난아기지만요

달려가는 것은, 자전거 자전거
건너편 길을, 달려가는 것은
옅은 복숭앗빛의, 바람을 가르고……

옅은 복숭앗빛의, 바람을 가르고
달려가는 것은 유채꽃밭이랑 하늘의 흰 구름
──갓난아기를 밭에 두고

종다리

온종일 하늘에서 우는 것은요
아아   전선이다, 전선이야
온종일 하늘에서 우는 것은요
아아   구름의 자식이다, 종다리 녀석이야

푸-르고   푸-른   하늘 속
빙글빙글빙글하며   파고들어서
삐 찌르찌르 우는 것은요
아아   구름의 자식이다, 종다리 녀석이야

걸어가는 것은 유채꽃밭
지평선 쪽으로, 지평선 쪽으로
걸어가는 것은 이 산 저 산
푸-르고 푸-른 하늘 아래

잠들어 있는 것은, 유채꽃밭에
유채꽃밭에, 잠들어 있는 것은
유채꽃밭에서 바람을 맞으며
잠들어 있는 것은 갓난아기다?

초여름 밤

다시 올해도 여름이 와서,

밤에는, 증기로 만들어진 흰곰이,

늪을 가로질러 다가오는구나.

――여러 가지 일들이 있었답니다.

여러 가지 일들을 해 왔던 게지요.

기쁜 일도, 있기는 했지만,

회상하면, 모든 것이 서글프고

쇠로 만든, 삐걱거리는 소리 모조리

모든 것은 저녁이 다가오는 기척에

유년도, 노년도, 청년도 장년도,

모두 함께 너무도 가련한 소리를 내고,

저녁 어스름 속 춤추는 나방 아래에서

덧없이도 가련한 턱을 하고 있는 것입니다.

그러니 오늘 밤 유월 달 밝은 아쉬운 밤이기는 해도,

머얼리서 소리가, 기분 좋게 바람결에 실려 온다고는 해도,

어쩐지 서글픈 기억인 것은,

갓 사라진 철교의 울림 소리,

큰 강물의, 그 철교 위쪽에, 하늘은 멍하니 석판 회색인 것입니다.

북쪽 바다

바다에 있는 것은,
그건 인어가 아니에요.
바다에 있는 것은,
그건, 파도뿐.

흐린 북쪽 바다의 하늘 아래,
파도는 곳곳에 이를 드러내고,
하늘을 저주하고 있는 거지요.
언제 끝날지도 모를 저주.

바다에 있는 것은,
그건 인어가 아니에요.
바다에 있는 것은,
그건, 파도뿐.

철없는 노래

생각하니 멀리도 오고 말았네
열두 살 겨울의 그 어느 날 저녁
항구의 하늘 위로 울려 퍼지던
기적汽笛에서 나온 증기 지금 어디에

구름과 구름 사이 달이 있었고
그것은 기적 소리 귀로 듣더니
송연한 듯이 몸을 작게 움츠려
달은 바로 그때 하늘에 있었지

그리고 나서 몇 년 흘러갔던가
기적에서 나온 증기 아득하게도
눈으로 쫓다 보니 서글퍼졌지
그 시절의 나는 지금 어디에

지금이야 아내도 아이도 있고
생각하니 멀리도 오고 말았네
이제부터 아직 한참 언제까지고
계속 살아가기는 할 터이지만

계속 살아가기는 할 터이지만
오래도록 거쳐 온 낮이며 밤이
이다지도 심하게 그리워서는
왜 그런지 자신감 없어진다고

그럼에도 앞으로 살아가는 한
결국 애쓰게 될 내 성실한 성격
이렇게 생각하니 왠지 스스로
딱하게 여겨지는 법이랍니다

가만히 생각하니 그건 말이죠
결국 애쓰게 되는 것이라 치고
옛날이 그리울 때도 있어서   다시
어떻게든 헤치고 나가겠지요

가만히 생각하니 간단하구나
결국에는 의지의 문제로구나
어떻게든 할 수밖에 도리 없거늘
하기만 한다면야 되는 일이라

생각이야 하지만 그것도 그래

열두 살 겨울의 그 어느 날 저녁

항구의 하늘 위로 울려 퍼지던

기적에서 나온 증기 지금 어디에

한적함

아무것도 찾아오는 일 없는,
내 마음은 한적하네.

　　　그것은 일요일 건물을 잇는 복도,
　　　──모두는 들판으로 가 버렸어.

널빤지는 차가운 광택을 품고,
작은 새는 마당에서 울고 있지.

　　　꽉 잠그지 않은 수도,
　　　꼭지의 물방울은, 불쑥 빛나네!

땅은 장밋빛, 하늘에는 종다리
하늘은 어여쁜 사월입니다.

　　　아무것도 찾아오는 일 없는,
　　　내 마음은 한적하네.

어릿광대 노래

달빛이 어떠한 것인지를,
눈 먼 소녀에게 가르쳐 준 이는,
베토벤인가, 슈베르트?
내 기억의 착각이,
오늘 밤 갈피 못 잡고 있지만,
베토벤이라고는 생각하지만,
슈베르트가 아니었을까?

안개 내린 가을밤에,
마당·돌계단에 걸터앉아서,
달빛을 쏘이면서,
두 사람, 아무 말 않고 있었지만,
곧 피아노 있는 방으로 들어가,
울음을 터뜨리듯 치기 시작했어,
그건, 슈베르트가 아니었을까?

뿌연 가로등 멀리서 보며,
빈Wien 시가지 교외에,
별도 내릴 듯한 그 밤 하룻밤,

벌레, 덤불에서 울어댈 무렵,

교사의 자식 중 열세 번째,

목이 짧은 그 사내,

눈 먼 소녀의 손을 잡듯이,

피아노 위에 벼르고 앉은,

땀이 날 듯한 그 이마,

싸구려 같은 그 안경,

둥근 등짝도 애처롭게

토해 내듯 연주한 이는,

그건, 슈베르트 아니었을까?

슈베르트인지 베토벤인지,

그런 건, 정작 모르겠군,

오늘 밤 별 내리는 도쿄의 밤,

맥주 컵을 기울이고,

달빛을 보고 있노라니,

베토벤도 슈베르트도, 벌써 진작 죽고,

벌써 진작 죽은 것조차,

누가 알아야 할 까닭도 없으니……

추억

화창한 날의, 저기 깊은 바다는
정말이지, 저렇게 예쁜 것인가!
화창한 날의, 저기 깊은 바다는
마치, 금이나, 은이 아닌가

금이나 은의 깊은 바다 파도에,
치이고 치여서는, 곶의 가장자리로
다가오긴 했지만 금이랑 은은
다시금 멀어져, 먼 바다에서 빛났지.

곶의 가장자리에는 벽돌 공장이,
공장의 마당에는 벽돌이 말려지고,
벽돌이 말라서 불그죽죽해 있었지
더구나 공장은, 소리조차 없었어

벽돌 공장에, 걸터앉아서,
나는 잠시 동안 담배를 피웠지.
담배를 피우고 멍하니 있노라니,
먼 바다 쪽에서는 파도가 울었어.

먼 바다 쪽에서는 파도가 울더라도,
나는 개의치 않고 멍하니 있었지.
멍하니 있노라니 머리도 가슴도
따끈따끈 따끈따끈 따뜻했어

따끈따끈 따끈따끈 따뜻했다고
곶에 있는 공장은 봄 햇살을 받고,
벽돌 공장은 소리조차도 없고
뒤쪽 나무숲에서 새가 울었지

새가 울어도 벽돌 공장은,
꿈쩍도 하지 않고 물끄러미 있었지
새가 울어도 벽돌 공장의,
창문 유리는 해를 받고 있었어

창문 유리는 해를 받고 있어도
조금도 따뜻할 것 같지 않았지
봄이 시작되는 화창한 날의
곶의 끝에 있는 벽돌 공장아!

               *   *

                    *   *

벽돌 공장은, 그 후 폐허 되어,
벽돌 공장은, 죽어 버렸어
벽돌 공장의, 창문도 유리도,
이제는 부서져 있기만 하고

벽돌 공장은, 폐허 되고 메말라,
나무숲 앞에서, 지금도 멍하니
나무숲에서 새는, 지금도 울지만
벽돌 공장은, 썩어 가기만 할뿐

먼 바다 파도는, 지금도 울지만
마당의 흙에는, 해가 비치지만
벽돌 공장에, 인부는 오지 않아
벽돌 공장에, 나도 가지 않아

예전에 연기를, 토해 내던 굴뚝도,
지금은 음침하게, 그냥 서 있지
비가 내리는 날은, 한층 더 음침해
화창한 날이라도, 상당히 음침하지

상당히 음침한, 굴뚝이라도
이제는 어떻게조차, 손도 못 대고
이 방대厖大한, 역전의 용사가
이따금씩 원망하는, 그 눈은 두렵지

그 눈이 두려워서, 오늘도 나는
바닷가로 나와서, 돌에 걸터앉아
멍하니 하늘 보고, 걱정하고 있으니
내 심장조차, 파도를 치는 게지

늦더위

다다미 위에서, 뒹굴자,
파리는 윙윙   소리를 내네
다다미도 어느새   노래졌다며
오늘 아침께   누군가가 말했던가

이거라 그거라며   두서도 없이
내 머리에   기억은 떠올라
떠오른 채로   떠올라 있는 동안
어느샌가   나는 잠들어 있던 거지

깨어난 것은   해 질 녘 가까이
아직 저녁매미는   울고 있었지만
나무들 우듬지는   해를 받고 있었지만,
나는 정원수에   물을 뿌려 주었지

뿌려 준 물이, 나무들 밑가지의 잎 끝에
빛나고 있는 모습 언제까지고, 나는 보고 있었지

제야의 종

제야의 종은 어둡고 머나머언 하늘에서 울리네.

천만 년이나, 오래된 밤의 공기를 뒤흔들며,

제야의 종은 어둡고 머나머언 하늘에서 울리네.

그것은 사원 숲 안개 피어오른 하늘……

그 근처에서 울리며, 그리고 거기에서 울려 퍼져 오네.

그것은 사원 숲 안개 피어오른 하늘……

그때 아이는 부모 무릎 맡에서 메밀을 먹지,

그때 긴자銀座는 가득한 인파, 아사쿠사淺草도 가득한 인파,

그때 아이는 부모 무릎 맡에서 메밀을 먹지.

그때 긴자는 가득한 인파, 아사쿠사도 가득한 인파,

그때 죄수는, 어떤 심정일지, 어떤 심정일지,

그때 긴자는 가득한 인파, 아사쿠사도 가득한 인파.

제야의 종은 어둡고 머나머언 하늘에서 울리네.

천만 년이나, 오래된 밤의 공기를 뒤흔들며,

제야의 종은 어둡고 머나먼 하늘에서 울리네.

눈의 부賦

눈이 내리면 나에게는, 인생이,
슬프지만 아름다운 것으로——
우수에 찬 것으로, 여겨지는 것이더라.

그 눈은, 중세의 어두운 성벽에도 내리고,
오타카 겐고[11] 시절에도 내렸어……

수많고 수많은 고아들의 손은,
그 때문에 곱아서,
도시의 저녁은 그 때문에 충분히 서글펐던 게지.

러시아 시골 별장의,
성긴 울타리 저편에 보이는 눈은,
지긋지긋할 정도로 영원하며,

눈 내리는 날은 고귀한 부인도,
조금 불평도 있으리라 여겨져……

눈이 내리면 나에게는, 인생이

슬프면서도 아름다운 것으로——

우수에 가득찬 것으로, 여겨지는 것이더라.

내 반평생

나는 퍽 고생을 했어.

그게 어떠한 고생이었는지,

말해야겠다는 생각 따위 손톱만큼도 없어.

또 그 고생이 과연 가치가

있는 것이었는지 없는 것이었는지,

그런 것 따위 생각도 안 해 봤지.

아무튼 나는 고생을 했어.

고생해 왔다고!

그리고, 지금, 여기, 책상 앞의,

나를 발견할 따름이야.

가만히 손을 내밀어 바라볼 만큼의

것밖에 나는 못 하는 거라고.

밖에서는 오늘 밤, 나뭇잎이 살랑이네.

아득한 기분의, 봄밤이로다.

그리고 나는, 고요히 죽어,

앉은 채 이대로, 죽어 가는 거야.

독신자獨身者

비누 상자에는 가을바람이 불고
교외와, 시내를 가르는 길 위에는
오하라大原[12] 여인이 혼자 걷고 있어

——그는 독신자였지
그는 극도의 근시였어
그는 외출복을 평상복으로 입었지
도장 가게에서 일한 적도 있었어

지금 막 그가 목욕탕에서 나온다
엷은 햇살 비치는 오후 세 시
비누 상자에는 바람이 불고
교외와, 시내를 가르는 길 위에는
오하라 여인이 혼자 걷고 있어

봄밤의 감회

비가 이제, 그치고, 바람이 분다.
  구름이, 흘러간다, 달을 가린다.
여러분, 오늘 밤은, 봄밤입니다.
  스을쩍 미지근한, 바람이 부네.

왠지 모르게, 깊은, 한숨 소리가,
  왠지 모르게 까마득한, 환상이,
끓어올라도, 그건, 잡을 수 없어.
  누구에게도, 그건, 말할 수 없지.

누구에게도, 그건, 말할 수 없는
  일이기는 하지만, 그거야말로,
아마 생명이겠지 않겠습니까,
  그렇지만, 그것은, 밝힐 수 없어……

이리하여, 인간, 한 사람 한 사람,
  마음으로 느끼고, 얼굴 서로 마주하면
빙긋이 웃는다고 하는 정도의
  일이라며, 한평생, 지나치는 거겠지요

비가 이제, 그치고, 바람이 분다.

　구름이, 흘러간다, 달을 가린다.

여러분, 오늘 밤은, 봄밤입니다.

　스을쩍 미지근한, 바람이 부네.

흐린 하늘

어느 아침   나는   하늘   속에서,
검은   깃발이   펄럭이는 것을   봤다.
펄럭펄럭   그것은   펄럭이고   있었지만,
소리는   들리지 않는   높이였던   까닭에.

나는   손으로 당겨   내리려고   했지만,
그물도   없는데다   그마저   잘 되지 않아,
깃발은   펄럭펄럭   펄럭일   따름,
하늘의   저 안쪽으로   날아 들어가는   듯.

이러한   아침을   소년일   적에도,
종종   보았노라   나는   기억해.
그때는   그것을   들판   위에서,
이제 다시   도시의   기와   위에서.

그때와   이때   시절은   멀어지고,
여기와   거기로   장소는   다른데,
펄럭펄럭   펄럭펄럭   하늘에서   홀로,
지금도   변함없는   그   검은 깃발이여.

잠자리에게 부치다

너무 맑고 화창한   가을 하늘에
빨간 고추잠자리   날고 있구나
담담한 석양빛을   받아 가면서
나는 들판 위에서   서 있노라니

저 멀리에 공장의   솟은 굴뚝이
저녁 해에 뿌옇게   보이고 있지
크고 깊은 한숨을   한 번 쉬고서
나는 웅크린 채로   돌을 줍노라

그 주운 돌멩이의   차가운 감촉
조금씩 손안에서   온기가 돌자
나는 내던지고서   이번엔 풀을
석양을 받고 있는   풀을 뽑았지

뽑혀서 나온 풀은   흙 위에 놓여
어렴풋이 살며시   시들어 가네
저 멀리에 공장의   솟은 굴뚝은
저녁 해에 뿌옇게   보이고 있지

영결의 가을
永訣の秋

가고 돌아오지 않으니

——교토京都——

나는 이 세상 끝에 있었어. 해는 따스하게 내려 붓고, 바람은 꽃들을 흔들고 있었어.

나무다리의, 먼지는 하루 종일, 침묵하며, 우체통은 하루 종일 빨갛고, 풍차를 단 유모차는, 늘 거리에 멈춰 있었어.

사는 사람들은 아이들은, 거리에 안 보이고, 나에겐 단 한 사람 기댈 이 없어, 풍향계 위 하늘 색, 이따금 보는 게 일이었지.

그렇다고 심심한 것도 아니고, 공기 속에는 꿀이 있어, 물체가 아닌 그 꿀은, 항상 먹기에 적절했지.

담배 정도는 피우기도 해봤지만, 그것도 냄새를 좋아할 따름. 심지어 내가 한 거라곤, 문밖 외에서는 피우지 않았지.

한데 내 친숙한 소지품은, 수건 한 장. 베개는 가지고 있긴 해도, 이불이라고는 그림자도 없고, 칫솔 정도는 가지고 있기도 했지만, 그저 한 권 있는 책은, 그 안에 아무것도 쓰여 있지 않고, 이따금 손에 들어 그 무게를, 즐기기만 할 뿐인 거였지.

여자들은, 실로 그리웠지만, 한 번인들, 만나러 가려고 생각지 않았어. 꿈꾸는 것만으로 충분했지.

말로 하기 힘든 무언가가, 끊임없이 나를 재촉하고, 목적도 없는 나이지만, 희망은 가슴속에서 높이 울렸지.

*   *

*

숲속에는, 세상 이상한 공원이 있고, 불쾌할 정도로 생글거리는, 여자랑 아이, 남자들 산책하고 있고, 내가 알 수 없는 언어를 말하며, 내가 알 수 없는 감정을, 표정 짓고 있었지.

그런데 그 하늘에는 은색으로, 거미줄이 반짝거리며 빛나고 있었지.

하나의 메르헨

가을밤은, 머나먼 저편에,
자갈투성이의, 강가가 있고,
게다가 햇볕은, 보슬보슬
보슬보슬 비치고 있는 것이었습니다.

햇볕이라고 해도, 마치 규석硅石인지 뭔지 같아서,
대단한 개체의 분말 같아서,
그렇기 때문에야말로, 보슬보슬
희미한 소리를 내기도 하는 것이었습니다.

그런데 자갈돌 위로, 지금 막 한 마리 나비가 앉아,
옅은, 그러면서도 선명한
그림자를 떨구고 있는 것이었습니다.

이윽고 그 나비가 보이지 않게 되자, 어느새인가,
지금까지 흐르지도 않던 강바닥에, 물이
보슬보슬, 보슬보슬 하며 흐르고 있는 것이었습니다……

환영

내 머릿속에는, 어느 무렵부터인가,

박명해 보이는 피에로가 하나 살고 있으며,

그것은, 비단 옷 같은 걸 차려 입고,

그리고, 달빛을 받고 있는 것이었습니다.

자칫하면, 연약해 보이는 손놀림을 하고,

빈번히   손짓 흉내를 내는 것이었습니다만,

그 의미가, 끝내 통했던 적은 없고,

가여운 듯한   느낌을 들게 할 뿐이었습니다.

손짓 흉내에 이끌려, 입술도 움직이는 것이었습니다만,

낡은 그림자놀이라도 보고 있는 듯——

소리는 조금도 나지 않는 것이며,

무슨 말을 하는지는, 알 수 없었습니다.

희끄무레히 몸에 달빛을 받고,

이상하게도 밝은 안개 속에서,

희미한 자태를 천천히 움직이면서,

눈짓만은 끝없이, 다정해 보이는 것이었습니다.

닳고 닳은 여자의 남편이 노래했지

너는 나를 사랑하네, 한 번이라도
나를 미워한 적은 없지.

나도 너를 사랑하네. 전생에서부터
정해진 운명인 것처럼.

그리고 두 사람의 혼은, 모르는 사이 온화하게 서로 사랑하는
이미 오랜 세월의 습관이지.

그런데도 다시 두 사람에게는,
몹시도 바람기 든 마음 있어서,

가장 자연스러운 사랑의 기분을,
때론 성가시게 생각하는 게지.

좋은 향수의 향기에서,
병원의, 옅은 냄새가 그리워 다가가지.

그래서 가장 친밀한 두 사람이,

때로는 가장 서로를 미워해.

그리고 나중에는 정체를 알 수 없는
후회스러운 기분에 잠기는 게지.

아아, 두 사람에게는 바람기가 있어서,
그것이 진실을 보이지 않게 만들어 버리지.

좋은 향수의 향기에서,
병원의, 옅은 냄새가 그리워 다가가지.

말 없는 노래

그건 아주 먼 곳에 있는 거지만
나는 여기에서 기다리고 있어야 하지
여기는 공기도 희미하고 창백하며
파의 뿌리처럼 희미하게 옅지

결코 서둘러서는 안 되네
여기에서 충분히 기다려야 한다네
아가씨의 눈처럼 저 멀리를 내다보면 안 되네
분명히 여기에서 기다리면 되네

그렇다 해도 그건 저 멀리 저편에서 석양에 흐려 보였어
기적 소리처럼 두툼하고 섬약했지
하지만 그쪽으로 달려가서는 안 되네
분명히 여기에서 기다려야 한다네

그러면 그 사이에 거친 숨도 평정을 되찾고
분명히 거기까지 갈 수 있을 게 틀림없지
하지만 그건 굴뚝의 연기처럼
멀리멀리　언제까지고 꼭두서니 빛 하늘에 길게 뻗어 있었지

달밤의 해변

달이 뜬 밤에, 단추가 하나
파도치는 물가에, 떨어져 있었다네.

그것을 주워, 무엇에 쓰려고
나 생각한 바도 없었지만
왠지 그걸 차마 버리기도 어려워서
나는 그걸, 소맷자락에 넣었다네.

달이 뜬 밤에, 단추가 하나
파도치는 물가에, 떨어져 있었다네.

그것을 주워, 무엇에 쓰려고
내가 생각한 것도 아니지만
　　　달을 향해 그것을 던지지도 못하고
　　　파도를 향해 그것을 던지지도 못하고
나는 그것을, 소맷자락에 넣었다네.

달이 뜬 밤에, 주운 단추는
손가락 끝에 스미고, 마음에 스몄다네.

달이 뜬 밤에, 주운 단추를

어떻게 그걸, 버릴 수 있으리오?

다시 온 봄……

다시 올 봄이라 사람들은 말하지
하지만 나는 괴로운 걸
봄이 온들 무슨 소용이리
그 애가 되돌아오지 않는데

생각하니 올 오월에는
너를 안고 동물원
코끼리를 보여 줘도 야옹이라 하고
새를 보여 줘도 야옹이었지

마지막에 보여 준 사슴만큼은
뿔에 어지간히 매료됐는지
아무 말도 없이   바라만 봤어

진정 너도 그때는
이 세상 빛의 한가운데에
서서 바라보고 있었던 것이련만……

달빛 하나

달빛이 비치고 있었네
달빛이 비치고 있었네

　　마당 구석의 풀더미에
　　숨겨진 것은 죽은 아이로다

달빛이 비치고 있었네
달빛이 비치고 있었네

　　어라, 티르시스와 아맹뜨[1]가
　　잔디밭 위에 나와 있군

기타를 들고는 와 있지만
내팽개쳐져 있을 뿐

　　달빛이 비치고 있었네
　　달빛이 비치고 있었네

달빛 둘

오오, 티르시스와 아맹뜨가
마당에 나와서 놀고 있네

정말이지 오늘 밤은 봄밤
뜨뜻미지근한 아지랑이도 피어

달빛을 받으며
마당 벤치 위에 있네

기타가 옆에 있기는 해도
전혀 치기 시작할 것 같지도 않아

잔디밭 저편은 숲이라서
몹시도 어둡고 시커멓습니다

오오 티르시스와 아맹뜨가
소곤소곤 이야기하는 사이

숲속에서는 죽은 아이가

반딧불처럼 웅크리고 있네

마을의 시계

마을의 커다란 시계는,
하루 종일 작동하고 있었어

그 글자판의 페인트는
이미 광택이 사라져 있었어

다가가서 보니,
작은 실금이 많이도 생긴 거였어

그래서 석양이 비추어야만 비로소,
얌전한 색을 하고 있었어

시각을 치기 전에는,
쌕쌕거리며 울었어

자판이 우는 건지 안의 기계가 우는 건지
나도 아무도 알 수 없었어

어느 사내의 초상

1

서양에 갔다가 돌아온 그 세련된 이는,
나이를 먹어도 머리에 초록 기름을 바르더군.

밤마다 찻집에 나타나서는,
그곳 주인과 이야기하는 모습은 가여운 느낌이었어.

죽었다는 말 들으니 한층 가엽더군.

2
————환멸은 강철의 색.

머리결 광택과, 램프 금색 섞인 황혼 녘 어스름
마당을 향해, 활짝 열린 문을 통해,
그는 문밖으로 나갔다.

갓 밀어낸, 목덜미도 손목도
여기도 저기도 달싹달싹

추웠다.

활짝 열린 문으로부터
회한은, 바람과 함께 가차 없이
불어 들어왔다.

독서도, 차분한 사랑도,
따뜻한 차도 황혼의 하늘과 더불어
바람과 함께 이제 거기에는 없었다.

3

그녀는
벽 안으로 들어가 버렸어.
그래서 그는 홀로,
방에서 테이블을 닦고 있었지.

겨울의 조몬협곡長門峽[2]

조몬협곡에, 물은 흐르고 있었더랬지.

춥고도 추운 날이더랬지.

나는 요정에 있었더랬지.

술을 퍼마시고 있었더랬지.

나 말고는 딱히,

손님이랄 사람도 없었더랬지.

물은, 마치 혼이 있는 것인 양,

흐르고 또 흐르며 있었더랬지.

이윽고 귤빛 같은 석양,

난간에 흘러넘쳤지.

아아!   ──그런 때도 있었지,

춥고도 추운   날이더랬지.

요네코米子

스물여덟 살 그 아가씨는,
폐병을 앓고, 종아리는 가늘었어.
포플러처럼, 사람도 다니지 않는
보도를 따라, 서 있었지.

아가씨 이름은, 요네코라고 했어.
여름에는, 얼굴이, 지저분해 보였지만,
겨울이나 가을에는, 예뻤어.
——연약한 목소리를 하고 있었지.

스물여덟 살 그 아가씨는,
시집을 가면, 그 병은
나으리라 여겼다고, 그리 생각하면서
나는 종종 아가씨를 보았지……

하지만 한 번도, 그렇게 입 밖으로는 내지 않았어.
딱히, 입 밖에 내기 어렵기 때문인 것도 아니야
말하면 도리어, 낙담시켜서는 안 되겠다고 생각했기 때문도
아니야,

왜인지, 말하지 못한 채로 끝났던 게지.

스물여덟 살 그 아가씨는,

보도를 따라 서 있었지,

비 그친 오후, 포플러처럼.

──연약한 목소리를 다시 한 번, 들어 보고 싶다는 생각이 들
어……

정오

마루비루丸ビル[3] 풍경

아아 열두 시의 사이렌이다, 사이렌이다 사이렌이다

줄줄 줄줄 줄줄 줄줄 나온다, 나와 나와

월급쟁이의 점심시간, 흐느적 흐느적 손을 흔들며

뒤에서 뒤에서 나온다, 나와 나와

커다란 빌딩의 시커먼, 작고 작은 출입구

하늘은 널따랗게 약간 흐리고, 약간 흐리고, 먼지도 조금 일어

야릇한 눈초리로 올려보아도, 눈을 떨궈도……

무엇 때문에 내가 벚꽃놀이냐,[4] 벚꽃놀이냐 벚꽃놀이냐

아아 열두 시의 사이렌이다, 사이렌이다 사이렌이다

줄줄 줄줄 줄줄 줄줄 나온다, 나와 나와

커다란 빌딩의 시커먼, 작고 작은 출입구

허공 부는 바람에 사이렌은, 울리고 울리다 사라져 가는구나

춘일광상春日狂想

1

사랑하는 아이가 죽었을 때는,
자살하지 않으면 안 되겠지요.

사랑하는 아이가 죽었을 때는,
그것 말고 달리, 방법이 없어.

하지만 그래도, 업(?)이 깊어서,
여전히 더 살게라도 되거들랑,

봉사하는 마음이, 드는 거에요.
봉사하는 마음이, 드는 거에요.

사랑하는 아이는, 죽은 거니까요,
분명히 그야, 죽은 거니까요,

이제는 어떻게도, 안 되는 거니까요,
그 아이를 위해서, 그 아이를 위해서,

봉사하는 마음이, 들지 않으면 안 돼.
봉사하는 마음이, 들지 않으면 안 돼.

2

봉사하는 마음이 들기는 할지언정,
그런들 각별한, 일 할 줄도 몰라.

그래서 이전보다, 책이라면 더 숙독.
그래서 이전보다, 남에게는 더 공손.

템포 딱딱 맞춰 산책을 하니
보릿짚 끈을 경건히 엮어서——

마치 이건, 장난감 병대,
마치 이건, 매일, 일요일.

신사 양지바른 곳, 느릿느릿 걷다가,
아는 사람 만나면, 빙그레 하고,

엿장수 할아범과, 사이좋게 지내며,

비둘기에게 콩 따위, 후두둑 뿌려 주고,

눈이 부셔지면, 그늘로 들어가,

거기에서 지면과 초목을 다시 보네.

이끼는 정말이지, 서늘했고,

표현할 길 없는, 오늘 이 화창한 날.

참배객들도 줄줄이 걸어가고,

나는, 아무것에도 화나지 않아.

　　　　((정말이지 인생, 한 순간의 꿈,

　　　　고무풍선이, 아름답기도 하구나.))

하늘로 올라, 빛나고, 사라지며——

여어, 오늘은, 기분이 어떠신지요.

오랜만이네요, 어떻게 지내셨어요.

저기 어디서, 차라도 마실까요.

용기를 내 찻집에 들어가기는 해도,

그런들 할 이야기는, 딱히 없으니.

담배 따위를, 푹푹 피우며,

말하기 어려운 각오를 다지고, ――

밖은 정말이지 북적대기도 하지!

――그럼 또 조만간 봐요, 부인께도 안부를,

저기 외국에 가면, 소식 주세요.

술은 너무, 마시지 않는 게 좋아요.

마차도 다니고, 전차도 다니지.

정말이지 인생, 새색시 같아.

눈부시고, 아름다우며, 게다가 고개 숙이고,

이야기를 시키면, 그래도 지긋지긋할까?

그래도 마음을 멍하게 만드는,

정말이지, 인생, 새색시 같아.

3

그럼 여러분,

너무 기뻐하지도 말고 너무 슬퍼하지도 말고,
템포 딱딱 맞춰, 악수를 합시다.

그러니까, 우리에게 결핍된 것은,
올곧음 같은 게로다, 납득하고.

네, 그럼 여러분, 네, 저와 함께——
템포 딱딱 맞춰, 악수를 합시다.

개구리 소리

하늘은 땅을 뒤덮고,

그리고, 땅에는 어쩌다 연못이 있네.

그 연못에서 오늘 밤 하룻밤 개구리는 울지……

——저건, 뭘 울고 있는 거려나?

그 소리는, 하늘에서 와서,

하늘로 가는 거겠지?

하늘은 땅을 뒤덮고,

그리고 개구리 소리는 수면을 달리네.

설령 이 지방地方이 지나치게 축축하다고 해도,

지친 우리들 마음을 위해서는,

기댈 곳은 여전히, 너무 건조한 것처럼 느껴져,

머리는 무겁고, 어깨는 뻣뻣해지는 게지.

한데, 그럼에도 밤이 오면 개구리는 울고,

그 소리는 수면을 달려 어둔 구름으로 다가가네.

각주

「지난날의 노래」 각주

1 원래는 러시아의 아스트라한과 중근동 지방의 양에서 나는 꼬불꼬불한 모피를 말하나 이 시에서는 이 품종의 검은 새끼 양을 의미한다.

2 납일, 즉 섣달 그믐날에 한 해 동안의 일을 고하는 제사.

3 이끼나 곡물 같은 식물이 습한 땅에 쌓여 분해되었지만 완전히 탄화하지 못한 석탄.

4 원문은 '세이미'라는 네덜란드어 'chemie'의 발음을 사용하고 있는데, 이는 19세기 일본에서 '화학'이라는 의미로 사용된 말이다.

5 생강과의 여러해살이풀로, 꽃은 담황색, 땅속줄기와 어린잎을 향미료로 쓴다.

6 골든 배트Golden Bat의 통칭으로 1906년부터 2019년까지 발매된 일본의 담배 상표명.

7 독일 민담에서 광산에서 광부들을 괴롭힌다고 전하는 요정.

8 모로이 사부로諸井三郎(1903~1977)는 1930년 전후 유명 시인들과 친교하던 작곡가로 주야의 시 여러 편을 노래로 만들기도 했다.

9 일본어로 삼베麻와 아침朝의 발음이 '아사'로 같다.

10 일본 고유의 굽이 높은 나막신.

11 오타카 다다오大高忠雄(1672~1703). 에도 시대의 무사로『주신구라忠臣蔵』로 잘 알려진 47명의 복수극 주인공 아코赤穂 낭사浪士들 중 한 명이며 겐고源吾는 그의 통칭이다.

12 교토 외곽 오하라大原 지역에서 장작을 머리에 얹어 교토로 팔러 오는 유명한 여인 행상들.

「영결의 가을」 각주

1 '티르시스Tircis'와 '아맹뜨Aminte'는 프랑스 시인 폴 베를렌의 시 '만돌린 Mandoline'에 나오는 인명.

2 주야의 고향인 야마구치현山口県의 북부 아부가와阿武川강 상류의 명승지 협곡.

3 마루노우치丸ノ内 빌딩의 줄임말로 1923년 완공되어 당시 동양 최고의 빌딩이라 일컬어진 건축물이며 1998년에 해체되었다.

4 '술도 없는데 무엇 때문에 내가 벚꽃놀이냐酒なくて何の己が櫻かな'라는 유명 센류 (川柳, 18세기에 유행한 17글자의 세태를 읊은 정형 단시)의 일부를 딴 구절.

후기

여기 수록한 것은 『염소의 노래山羊の歌』 이후에 발표한 것이 과반수이다. 지은 시는 가장 오래된 것이 1925년 것, 가장 최근 것이 1937년 것이다. 내친 김에 말해 두자면 『염소의 노래』에는 1924년 봄에 지은 것부터 1930년 봄까지의 시를 수록했다.

시를 짓기만 하는 것이라면, 그것으로 시 생활이라 부를 수 있다면, 내 시 생활은 벌써 이십삼 년이 지났다. 만약 시를 본업으로 삼겠다 각오한 날부터를 시 생활이라고 부를 수 있다면 십오 년간의 시 생활이다.

길다면 길고 짧다면 짧은 그 세월 동안 내가 느낀 것, 생각한 게 적지 않다. 지금 그 개략을 써볼까 잠시 생각하는 것만으로도 소름이 끼칠 정도다. 그래서 나는 아무것도 말하지 않으려 한다. 그저 나는 내 개성이 시에 가장 적합하다는 걸 분명하게 확인한 날부터 시를 본업으로 삼았다는 것만 일단 말해 두고자 한다.

나는 지금 이 시집 원고를 정리하여 벗인 고바야시 히데오小林秀雄에게 맡기고, 십삼 년 동안의 도쿄 생활을 마치고 고향으로 돌아간다. 딱히 새로운 계획이 있지는 않지만, 시 생활에 더욱 침잠해 보고자 함이다.

그렇다 한들 이제 어찌되려나……그런 생각을 하니 막막하다.

안녕 도쿄여! 오오, 내 청춘이여!

1937년 9월 23일

염소의 말山羊の言[*]

> 예술에 관한 모든 논의는 소용없다.
>
> —피카소

현재 우리는 안정적이지 않다. 하루 외출했다가 우리가 안고 돌아오는 인상이란 어수선하며, 게다가 허무한 것이다.

이러한 상황의 원인을 어떤 사람은 경제적인 절박함으로 보고, 또 어떤 사람은 생활양식의 격변으로 본다. 기타 여러 가지가 있을 것이다. 여러 가지가 있는 정도가 아니라 무수히 많기에, 공기 속 오존량에 기인한다고 생각하는 사람조차 없다고는 못 한다.

그러나 지금 당장 그 원인이 이러이러하다고 답변이 된다 한들 무수한 현상現象들의 총화인 현 상황이 곧바로 어떻게 변하는 것도 아니리라.

그래서 그 상황이란, 가령 불안한 상황이든 아니든, 학문·예술의 융성에 적합하든 아니든, 결국 어쩔 수 없는 일이다. 적어도 예술의 입장에서는 그렇다.

(어쨌든 사람은 읽고 감득感得할 만큼 감득하고, 듣고 감득할 만큼 감득하며, 보고 감득할 만큼 감득하고, 직접 관계하여 감득

---

[*] 『문예통신 소하 특집호文芸通信 銷夏特輯号』 1936년 8월호 수록.

할 만큼 감득하는 법이다.)

그러나 위에서 말한 것이 노력을 무시한다는 뜻은 전혀 아니다. 노력이라 해도, 노력할 수 있는 만큼만 가능하다는 것이다.

따라서 예술에는 더욱 관념이 필요하다고 말하는 사람도 별수 없는 말을 하는 것에 불과하다. 그렇게 말하는 기분은 알겠지만, 그리고 관념이 희박하기보다는 농후한 쪽이 나음이 당연하지만, 요컨대 관념이 있을 만큼 있는 상황에서는 보거나 느끼는 것이 예술이 되기도 하므로, 거기에 관념을 가지고 와 봤자 그저 엉뚱한 경품이 되는 일에 불과하다.

그래서 예술이 향상된다고 함이란, 언제나 전체적으로 이루어지는 것이며, 요소 요소의 주입은 도리어 예술가의 통일성을 깨기나 하는 정도다. 물론 공부를 요소 요소의 주입이라고 할 수도 있겠지만, 정작 그 주입을 목적으로 하지 않으면서 뭐든지 다 통틀어서 할 수 있는 부차적 통일이 예술 활동을 이루어지게 하기 때문에, 요소 요소란 결국 개개인의 속내에서 발생하는 문제일 뿐이다.

지극히 단편적인 말투이긴 하지만, 피카소의 말에 약간 동감을 표해 봤을 뿐이다.

시론詩論*

  예술이란 비유하자면 금광 발굴 같은 것이다. 금광을 발굴하는 사람은 부모나 처자식에게서 멀리 떠나 산속으로 들어간다. 그처럼 예술이란 자기 자신에게 충실해야 한다는 뜻이다.

  무엇을 묘사할 것인가? ——묘사할 만한 아무것도 없다! 예술이란 자기 자신의 영혼에의 침잠이 얼마나 성실하고 깊은가에 달렸다. 즉, 자기 자신이기 위한 성실이 바로 자연스러운 창작의 기준이 되어, 때에 맞춰 노래하고 싶어짐을 말한다!

  자기 자신으로 있는다는 것은 거짓말을 하지 않는 것이며, 자기 자신으로 있는다는 것은 의지적인 것이다.

  그리고 사람이, 자기 자신으로 있는다는 것이란, 함부로 영합하지 않는다는 것 아니겠는가? 그 조형성造型性이란!

  지식이든 자선 사업이든 그 밖의 아무것도 아니다, 결단코 아니다!

  예술이란 자아를 향한 사랑, 성실함에 대한 보상이다!

  "L'art, mes enfents, d'etre en soi-meme!"**

  (산다는 것은 자아를 사랑하는 것이다!)
_____
* 자필 원고에 기재.

** 상징주의 시인 폴 베를렌Paul Verlaine(1844~1896)의 어구로 '예술, 내 안에 있는 내 아이들!'

나카하라 주야 연보

1907년 (0세)
4월 29일 야마구치현山口県 요시키군吉敷郡 시모우노료마을下宇野令村에 서 육군 군의관이었던 아버지 가시와무라 겐스케柏村謙助, 어머니 후쿠 フク의 맏아들로 출생. 이후 가족은 1914년까지 아버지 겐스케의 전보에 따라 히로시마広島, 가나자와金沢 등지로 이주.

1914년 (7세)
3월 겐스케가 조선 용산龍山에 연대 군의장으로 단신 부임하고 가족은 야마 구치의 나카하라 의원으로 복귀.
4월 시모우노료소학교下宇野令小学校 입학.

1915년 (8세)
1월 동생 쓰구로亜郎가 네 살의 나이에 병사. 후에 이때 동생의 죽음을 노래 한 것이 최초의 시였다고 기록.
8월 겐스케, 야마구치로 귀임.
10월 겐스케는 나카하라 가문에 양자로 입적하여 성을 나카하라로 바꾸고 주야를 비롯한 자식들 또한 나카하라 성을 따르게 됨.

1917년 (10세)
4월 겐스케는 예비역 편입을 허가받고 나카하라의원을 물려받음.

1918년 (11세)
5월 현립 야마구치중학교 수험 준비를 위해 야마구치사범부속소학교로 전 학.

1920년 (13세)
2월 잡지 『부인화보婦人画報』, 『보초신문防長新聞』에 기고한 단카短歌가 입선.
4월 현립 야마구치중학교에 석차 12등으로 입학. 그러나 1학기 때 80등으 로 떨어졌으며, 이 무렵 독서에 열중하기 시작하면서 학업 성적은 계속 하락.

1921년 (14세)
10월 『보초신문』에 투고한 단카가 입선하며 이후 계속적으로 해당 신문에 투고하여 1923년까지 약 80수의 단카가 수록됨.

1922년 (15세)

5월 두 명의 친구와 함께 단카집 『스구로노末黑野』를 사가판私家板으로 간행.

6월 야마구치중학교 변론회에 출장, '장래의 예술'에 대하여 논함. 음주와 흡연, 계속되는 성적 하락으로 불량학생으로 낙인 찍힘.

1923년 (16세)

3월 3학년에 낙제하고 교토京都의 리쓰메이칸중학교立命館中学校 3학년으로 편입 전학.

11월 다카하시 신키치高橋新吉의 『다다이스트 신키치의 시ダダイスト新吉の詩』를 읽고 다다이즘에 경도되어 시 창작을 시작. 이 무렵 시인 나가이 요시永井叔와 친분을 쌓고 그를 통해 극단 효겐자表現座의 배우였던 세 살 연상의 하세가와 야스코長谷川泰子를 소개받음.

1924년 (17세)

4월 하세가와 야스코와 동거 시작.

7월~11월 교토에 체류 중이던 도쿄외국어학교 불어학부 학생이자 시인 도미나가 다로富永太郎와 교류.

가을 다다이즘풍의 시와 소설 습작으로 이뤄진 「시의 선언詩の宣言」을 씀.

1925년 (18세)

3월 중학교 4년을 마치고 야스코와 함께 상경. 니혼대학日本大学이나 와세다부稲田고등학원 예과 입학을 희망했으나 실패.

4월 도미나가 다로의 소개로 후에 문예비평가가 되는 고바야시 히데오小林秀雄와 알게 됨.

10월 '가을의 수탄秋の愁嘆'을 씀.

11월 12일 도미나가 다로 병사.

11월 하순 야스코가 주야를 떠나 고바야시 히데오와 동거.

12월 미야자와 겐지宮沢賢治의 시집 『봄과 수라春と修羅』를 접하고 애독.

1926년 (19세)

2월 '허무むなしき'를 씀.

4월 니혼대학 예과 문과에 입학.

5월~8월 '아침의 노래朝の歌'를 씀.

9월 가족에게 알리지 않고 니혼대학 퇴학.

11월 프랑스어학원 아테네 프랑세アテネ・フランセ에 다님. '요절한 도미나가夭折した富永' 발표. 이 해에 '임종臨終'을 씀.

1927년 (20세)

봄 음악비평가 가와카미 데쓰다로河上徹太郎와 알게 됨.

10월 다카하시 신키치를 방문.

11월 가와카미 데쓰다로의 소개로 작곡가 모로이 사부로諸井三郎를 만나고 전위 음악·문화 단체 스루야スルヤ와 교류.

1928년 (21세)

5월 스루야 제2회 발표연주회에서 모로이 사부로가 주야의 시 '아침의 노래'와 '임종'에 곡을 붙여 발표.

아버지 겐스케가 51세의 나이에 병환으로 사망. 장례식에는 불참.

6월 어머니에게 니혼대학 퇴학 사실이 알려짐.

1929년 (22세)

4월 동인지 『백치군白痴群』을 가와카미 데쓰다로, 무라이 야스오村井康男, 우쓰미 세이이치로內海誓一郎, 아베 로쿠로阿部六郎, 후루야 쓰나타케古谷綱武, 야스하라 요시히로安原喜弘, 오오카 쇼헤이大岡昇平, 도미나가 지로富永次郎 등과 함께 창간하고 이후 『염소의 노래』에 실릴 시 다수를 지면에 발표.

1930년 (23세)

1월 프랑스 상징주의 시인 폴 베를렌Paul Verlaine의 시를 번역 연재.

4월 『백치군』이 6호로 폐간. 하순부터 5월 초순까지 교토 여행.

5월 스루야 제5회 발표 연주회에서 우쓰미 세이이치로, 모로이 사부로가 주야의 시 다수를 노래로 만들어 발표.

9월 주오대학中央大学 예과에 편입학. 프랑스에 유학하기 위해 외무성 서기가 되고자 희망.

12월 고바야시 히데오와 헤어진 야스코가 연출가 야마카와 유키요山川幸世의 아들을 출산. 주야가 이름을 시게키茂樹라고 지어 줌.

1931년 (24세)

2월~3월 '양의 노래羊の歌'를 써서 야스하라 요시히로에게 보냄. 이후로도 야스하라 요시히로는 주야와 서신 교환을 하며 그가 쓴 다수의 시를 받아 관리함.

4월 도쿄외국어학교 전수과 불어부에 입학.

9월 4세 연하의 동생 고조恰三가 폐결핵으로 사망하여 장례를 위해 귀성.

1932년 (25세)

4월 랭보의 시를 번역.

5월 『염소의 노래』 편집에 착수.

6월 『염소의 노래』 편집 종료. 4엔씩 후원하는 후원자 150명을 모집하여

200부를 인쇄할 예정이었지만 10명 정도 모집됨.

7월 추가로 『염소의 노래』 예약 모집을 진행했으나 10명 이상으로 더 늘어
나지 않음.

9월 어머니로부터 300엔을 받아 『염소의 노래』 제작에 들어갔으나 본문을
인쇄하는 것만으로도 돈이 모두 소진되어 본문과 지형紙型을 야스하라
요시히로의 집에 맡김.

12월 노이로제에 걸려 강박관념과 환청에 시달림.

1933년 (26세)

1월 노이로제에서 회복.

3월 고바야시 히데오의 큰아버지를 통해 사카모토 무쓰코坂本睦子와의 결
혼을 추진했으나 이루어지지 않음. 도쿄외국어학교 수료. 『염소의 노래』
를 기성 출판사들에서 출간하려 했으나 실패. 하숙하는 근처의 학생들에
게 프랑스어 개인 교습을 시작.

5월 동인지 『기원紀元』에 참가.

8월 귀성.

12월 3일 먼 친척인 우에노 다카코上野孝子와 결혼.

10일 번역시집 『랭보시집(학교시대의 시)ランボオ詩集(学校時代の詩)』을
출간, 호평받음.

13일 상경.

1934년 (27세)

7월 임신한 아내와 함께 귀성.

9월 『랭보 전집』 번역 의뢰가 들어와 작업을 위해 홀로 상경.

10월 18일 장남 후미야文也 출생.

12월 고바야시 히데오의 소개로 알게 된 출판사 분포도文圃堂에서 『염소의
노래』를 간행. 귀성하여 아내와 아들과 만남.

1935년 (28세)

1월 고바야시 히데오가 문예잡지 『분가쿠카이文學界』의 편집책임자가 되면
서 주야의 시가 지속적으로 지면에 발표됨. 『염소의 노래』에 대한 평단의
호평이 이어짐.

5월 동인으로서 『레키테이歷程』 창간.

12월 『시키四季』의 동인이 됨.

1936년 (29세)

가을 일본방송협회(현재의 NHK) 초대 이사였던 친척의 주선으로 일본방송
협회 입사를 위해 면접을 갔지만 실현되지 않음.

11월 10일 장남 후미야가 소아결핵으로 사망.

15일 차남 요시마사愛雅 출생.
장남 상실의 충격으로 정신이 온전치 않고 환청이 들리자 아내 다카코의 연락을 받고 어머니 후쿠와 동생 시로가 상경.

1937년 (30세)

1월 어머니에 의해 심리학자 나카무라 고교中村古峡가 지바시千葉市에 지은 나카무라고쿄요양소에 입원. 요양소에 입원 전이나 입원한 와중에도 『지난날의 노래在りし日の歌』에 실을 시 창작 활동을 지속.
2월 15일 퇴원.
여름 도쿄방송국(현 NHK라디오 제1방송)에서 주야의 시 낭독 방송.
9월 『랭보시집』을 노다서방野田書房에서 간행.
시집 『지난날의 노래』 원고 정서를 마친 후 고바야시 히데오에게 맡김.
10월 4일 야스하라 요시히로에게 두통과 시력 감퇴를 호소. 6일 가마쿠라 양생원鎌倉養生院에 입원. 뇌종양이 의심되었으나 급성뇌막염으로 진단.
15일 어머니 후쿠가 도착했으나 이미 의식 상실 상태였음.
22일 오전 0시 10분에 영면.
24일 주후쿠지寿福寺에서 고별식.
유골은 요시키강吉敷川 근처 교즈카묘지経塚墓地에 묻힘.

1938년

1월 차남 요시마사가 야마구치에서 병사.
4월 소겐샤創元社에서 유고 시집 『지난날의 노래』 간행.

지난날의 노래

초판 1쇄 발행 │ 2021년 4월 9일
2쇄 발행 │ 2024년 8월 20일

지은이 │ 나카하라 주야
옮긴이 │ 엄인경
펴낸이·책임편집 │ 유정훈
디자인 │ 김이박
인쇄·제본 │ 두성P&L

펴낸곳 │ 필요한책
전자우편 │ feelbook0@gmail.com
트위터 │ twitter.com/feelbook0
페이스북 │ facebook.com/feelbook0
블로그 │ blog.naver.com/feelbook0
포스트 │ post.naver.com/feelbook0
팩스 │ 0303-3445-7545

ISBN │ 979-11-90406-06-2 04830
ISBN │ 979-11-90406-04-8 04830 (세트)